LA LITTÉRATURE ESPAGNOLE

CONTEMPORAINE

UN MINISTRE

AUTEUR DRAMATIQUE

Par

A. DE TRÉVERRET

PROFESSEUR DE LITTÉRATURE ÉTRANGÈRE
A LA FACULTÉ DES LETTRES DE BORDEAUX

EXTRAIT DU *CORRESPONDANT*

PARIS

JULES GERVAIS, LIBRAIRE-ÉDITEUR

29, RUE DE TOURNON, 29

1883

UN MINISTRE

AUTEUR DRAMATIQUE

PARIS. — E. DE SOYE ET FILS, IMPRIMEURS, 18, RUE DES FOSSÉS-SAINT-JACQUES.

LA LITTÉRATURE ESPAGNOLE

CONTEMPORAINE

UN MINISTRE

AUTEUR DRAMATIQUE

PAR

A. DE TRÉVERRET

PROFESSEUR DE LITTÉRATURE ÉTRANGÈRE
A LA FACULTÉ DES LETTRES DE BORDEAUX

EXTRAIT DU *CORRESPONDANT*

PARIS

JULES GERVAIS, LIBRAIRE-ÉDITEUR

29, RUE DE TOURNON, 29

1883

LA LITTÉRATURE ESPAGNOLE

CONTEMPORAINE

UN MINISTRE AUTEUR DRAMATIQUE [1]

De temps à autre et depuis près de neuf ans, la presse et les correspondances espagnoles nous annoncent l'éclatant succès obtenu par les drames originaux de don José Echegaray. Elles nous racontent que l'enthousiasme s'est manifesté même hors du théâtre, et que l'on a reconduit l'auteur en triomphe à son domicile. Elles ajoutent que ce poète si vivement applaudi, si populaire, a été d'abord un savant distingué, puis un économiste promoteur du libre-échange en Espagne, puis un homme politique dont le nom sera associé par l'histoire au souvenir de la révolution de septembre 1868. C'en est assez pour faire deviner l'importance d'une personnalité aussi multiple et d'un esprit appliqué tour à tour à des travaux si différents; mais cela ne nous révèle nullement le caractère et la valeur des pièces qui, en ce moment, règnent sur le théâtre espagnol. M. Echegaray ravit les spectateurs; mais par quel moyen y réussit-il? À quels sentiments fait-il appel? Quelle forme de drame lui doit son renouvellement ou sa création? c'est ce que le public français ignore presque complètement, et ce que nous allons tâcher de lui faire connaître. M. Echegaray, considéré comme poète dramatique, sera le sujet exclusif de cette étude ou, si l'on veut, de ce compte rendu.

. [1] *Comédies et drames*, par M. Echegaray, publiés et réédités en brochures à Madrid, de 1874 à 1882.

I

Né à Madrid, au mois de mars 1833, don José Echegaray, durant
les quarante premières années de sa vie, ne laissait guère prévoir
à ses concitoyens le genre de célébrité dont il jouit maintenant et
que tous les partis lui accordent. Il a, si je puis dire, parcouru
deux carrières; et la troisième, où il marche aujourd'hui, semble
devoir être pour lui la plus glorieuse.

De 1847 à 1867, il se livra à l'étude des sciences exactes : élève
de l'École des ponts-et-chaussées espagnole, ingénieur des che-
mins, canaux et ports (*ingenieo de caminos, canales y puertos*),
dans les provinces de Grenade et d'Almeria, rappelé à Madrid
pour y enseigner, dans l'École même dont il était sorti, le calcul
différentiel, la mécanique et la stéréotomie, il publia des articles
et des livres de géométrie, de thermo-dynamique et une histoire
des mathématiques pures en Espagne. Dès 1866, l'Académie *de
ciencias* lui ouvrait ses portes et, en entendant son discours de
réception, reconnaissait en lui un orateur dont les idées pourraient
ne pas plaire à tous, mais avec lequel il faudrait compter.

Durant toute cette période, l'ingénieur Echegaray consacrait ses
loisirs à dévorer des romans et des drames, admirant les anciens,
mais leur préférant de beaucoup les modernes, c'est-à-dire ceux
qui ont écrit depuis les premières lueurs de la Renaissance jusqu'à
nos jours. Shakespeare et Calderon, Corneille, Racine, Molière,
Schiller et Gœthe, lui devinrent aussi familiers que ses contem-
porains.

Une fois admis au rang des savants espagnols, il étendit encore
dans un autre domaine ses études et son action. Il se tourna vers
l'économie politique, prit Bastiat pour maître, et, par des confé-
rences et des discours, propagea et fit triompher en partie lés
doctrines de liberté industrielle et commerciale. La révolution de
1868, trouvant en lui le plus éminent orateur du groupe des
économistes, l'appela aux affaires et au pouvoir. Directeur des
travaux publics, de l'agriculture et du commerce, député aux cortès
constituantes, promoteur éloquent et heureux de la liberté reli-
gieuse, il devint ministre *de Fomento* au commencement de l'année
1869, cessa de l'être à l'arrivée du roi Amédée, le redevint durant
l'été de 1872, et en cette qualité fit décerner la croix de Charles III
aux illustres savants français : Liouville, Chasles, Bertrand et
Claude Bernard.

En décembre de la même année, il passait au ministère des
finances, et après mille vicissitudes, après un séjour de cinq mois à

Paris, un retour en Espagne, une rentrée aux cortès, il reprenait, en janvier 1874, le portefeuille que la chute d'Amédée lui avait ravi. A ce moment on vint lui annoncer qu'une comédie offerte par lui aux acteurs l'année précédente était à l'étude et déjà prête à être jouée. Malgré sa dignité de ministre des finances, il la laissa représenter, y assista bravement, mais déguisa son nom sous le pseudonyme de Jorge Hayeseca.

Cette première pièce, que le public applaudit, fut mise sur la scène le 18 février 1874. Elle avait pour titre : *le Registre à souche* (*el Libro talonario*), et l'auteur l'appelait une comédie, mais elle était plus propre à émouvoir qu'à divertir. On y voyait une jeune femme pleine d'amour, que son mari trompait, qui soupçonnait la trahison, en cherchait la preuve avec une fébrile impatience, et la trouvait dans des lettres écrites par son infidèle. Bientôt elle imaginait une vengeance qui ne la déshonorait pas et qui pouvait ramener à elle ce cœur égaré. Elle coupait avec des ciseaux les feuilles blanches des lettres criminelles ; sur ces feuilles elle traçait des phrases passionnées, mais imitées de celles qu'avaient échangées le mari et la maîtresse ; puis, se tournant vers un jeune homme, qui avait tenté de la séduire elle-même, elle l'obligeait à écrire sous ses yeux une déclaration. Elle composait ainsi un recueil tout semblable à la collection accusatrice, et elle avait soin que son mari rencontrât sous sa main ces prétendues lettres d'amour, signées de Maria et de don Luis.

Naturellement le mari s'emportait, voulait aller provoquer son rival, menaçait sa femme de la tuer ou de la chasser avec ignominie ; mais Maria, produisant les lettres qu'il avait écrites à sa maîtresse, montrait la similitude parfaite des deux cahiers, et convainquait son époux de deux choses : que si elle était coupable, il l'était plus qu'elle, et qu'en réalité elle ne l'était pas. Accablé du poids de sa faute, comprenant la douleur que Maria venait d'éprouver, luttant contre sa propre passion pour une autre femme, l'infidèle époux finissait par se vaincre, par rompre le charme qui l'attirait ailleurs et par obtenir de Maria un pardon qui ouvrait au foyer domestique une ère nouvelle de bonheur et de vertu.

La pièce, disions-nous tout à l'heure, fut bien accueillie ; on y goûta peu, sans doute, le rôle de don Luis, délateur et dupe, mais on aima la peinture ardente des deux jalousies conjugales, et surtout cette chaleur de logique et de sentiment avec laquelle Maria prouve et persuade que l'infidélité de l'homme est aussi honteuse et plus cruelle que celle de la femme. Don Carlos, quand il se croit trahi, souffre dans son orgueil, Maria souffre dans sa tendresse ; or il est plus lâche et plus inhumain de tromper celle qui aime le plus. L'auteur gravait avec force cette pensée dans le cœur vraiment ému des spectateurs; et ceux-ci regrettaient de ne pas savoir au juste à quel écrivain était dû un ouvrage si court, mais si plein de promesses.

Le 14 novembre 1874, on joua à Madrid *l'Épouse du vengeur* (*la Esposa del vengador*), drame dont l'action se passe au seizième siècle, et où respirent les passions vindicatives, les idées d'honneur et de fidélité farouche qui animent si souvent les héros de Calderon. Cette fois, M. Echegaray, n'étant plus ministre depuis quatre mois, permit aux acteurs de déclarer son nom véritable.

Tiré, sur ce point, d'incertitude, le public se posa aussitôt une nouvelle question. M. Echegaray allait-il renoncer à la politique et se consacrer tout entier à la poésie? Les faits prouvèrent qu'il tenait à l'une et à l'autre : il continua d'assister à des réunions où les partis vaincus cherchaient à se réformer, il passa dans le corps de réserve commandé par M. Martos; et plusieurs fois les journaux ont annoncé que l'éloquente plume de M. Echegaray rédigeait des programmes ou des manifestes, où les conquêtes libérales de 1868 seraient revendiquées. Néanmoins il faut bien reconnaître que cette politique, à laquelle il se mêle encore de loin en loin, n'est plus sa principale préoccupation. Un autre horizon s'étend devant lui; il désire avec plus d'ardeur et il espère avec plus de certitude devenir et rester un grand poète dramatique.

Mais quel genre de sujets traite-t-il, et dans quel esprit? Quelle face de la nature humaine veut-il et sait-il nous montrer?

On s'aperçoit dès sa première comédie que son talent est peu tourné vers le comique, que l'observation paisible et joyeuse des ridicules n'est point son fait, et que les traits plaisants et spirituels lui viennent rarement. Il s'émeut, il s'indigne, il ne s'égaye point. Dans les trois autres comédies qu'il fera jouer plus tard, le rire éclatera un peu plus souvent, mais le fond sera sérieux et triste; les travers des personnages nous affligeront, leurs désillusions nous attendriront jusqu'aux larmes [1]; et parfois l'intention principale, demeurant obscure [2], laissera s'affaiblir l'intérêt. Il ne faudra pas juger M. Echegaray sur ses comédies.

A la fin de l'année 1874, lorsque deux pièces de sa composition eurent paru sur les théâtres et manifesté le caractère tragique de son talent, on put encore se demander si l'on trouverait en lui un peintre des mœurs contemporaines ou un imitateur pathétique de

---

[1] Comme dans : *Un sol que nace y un sol que muere* (*Soleil levant et soleil couchant*), 29 février 1876.

[2] Au troisième acte de *Correr en pos de un ideal* (*Courir après un idéal*), 15 octobre 1878.

Calderon. Jamais l'Espagne ne sera indifférente à ces grands coups d'épée, à ces rapides intrigues, à ces luttes d'honneur et de passion que les poètes du dix-septième siècle ont représentés d'après nature, et que les romantiques de 1835 ont vivement copiés sur ces beaux modèles. Mais les spectateurs d'aujourd'hui comprennent bien que ces mœurs-là ont achevé leur temps et qu'elles ont disparu, tout en laissant des traces.

On ne se bat plus en duel dans la rue, comme jadis; on ne met plus sa gloire à faire tout ce que l'on veut, malgré une police impuissante et des rivaux armés et indépendants. Si, pour venger son honneur, on dégaine encore, c'est dans des cas infiniment plus rares et suivant des formes régulières; tout duel a ses témoins et ses conventions, et les querelles, même sanglantes, des particuliers ne troublent plus à chaque moment la paix publique. Le roman et le drame ne se passent guère au dehors; c'est au foyer domestique que les passions naissent, grandissent, luttent et amènent d'effrayantes catastrophes. Les violences extérieures, surtout dans les classes élevées ou moyennes, sont, de nos jours, moins fréquentes, moins vraisemblables, et il faut, pour produire un meurtre, trois fois plus de colère accumulée. En supposant donc que M. Echegaray voulût peindre les effets tragiques de la passion, il devait employer des couleurs bien différentes, suivant qu'il mettrait sur la scène les hommes d'aujourd'hui ou ceux d'autrefois. Je dirai plus : les aventures, les crimes ou les vertus du moyen âge et des grands siècles espagnols pouvaient être représentés de deux façons essentiellement distinctes : ou avec cette vivacité superficielle et un peu uniforme qu'engendre l'imitation voulue de Lope et de Calderon; ou avec une profondeur, une exactitude d'analyse qui répond mieux à nos habitudes d'observation.

De 1874 à 1877, M. Echegaray, dans ses drames tragiques, flotte entre les deux époques et les deux procédés. Vidant, comme on dit, ses portefeuilles poétiques assez bien garnis depuis dix ans [1], il donne alternativement des drames modernes, longs et étudiés, et des drames calderoniens, plus courts, plus semblables à des esquisses, mais à des esquisses où les traits de caractère sont

[1] Le drame *Para tal culpa, tal pena* (*A telle faute, tel châtiment*) a été, de l'aveu même de l'auteur, composé vers 1867, et n'a vu le feu de la rampe que le 27 avril 1877. M. Echegaray, ingénieur, économiste et homme politique, était déjà, avant la révolution de septembre, poète dramatique à l'insu de ses concitoyens. Sa première œuvre de ce genre, qui ne fut jamais jouée ni imprimée, mais qui était comme l'ébauche informe de *Para tal culpa*, date du mois de mars 1865. M. Echegaray n'avait point fait de vers avant cette époque.

souvent marqués, où tous les amoureux ne se ressemblent pas et où tous les braves n'entendent pas l'honneur de la même manière.

Dans ces œuvres, dont la scène se passe sous Charles-Quint ou sous Philippe II, l'auteur, moitié par goût, moitié par imitation, laisse un libre cours à sa fantaisie : comme les poètes du dix-septième siècle espagnol, il joue sur les mots, il décrit avec complaisance, il s'épanche en tirades lyriques, il déploie la richesse sonore de son idiome, il exhale la jeunesse prolongée de son esprit. Ce mathématicien, qui a tardé à se déclarer poète, conserve jusqu'à quarante ans une affection pour les ornements purement poétiques. Mais c'est, chez lui, une affection souvent heureuse et qui donne naissance à de brillants morceaux dignes de prendre place parmi tant de belles ou charmantes pages dues aux romantiques espagnols du dix-neuvième siècle. Quoi de plus joli, par exemple, que cette comparaison faite par un valet *gracioso* entre les mélanges détonants et certains mariages :

On conte, dit-il, qu'un moine, par un hasard étrange, mêla du charbon, du soufre, du salpêtre, et qu'il en résulta... (oh! quelle horreur!)... la poudre... la poudre qui fait crouler un pan de mur, sauter tout un château, effondrer une montagne! Allons avec prudence quand il s'agit de mêler; que chaque prêtre, au moment où il bénit un homme et une femme, ne fabrique pas de la poudre pour les maisons.

- Et dans un ton plus grave, n'est-ce pas un portrait magnifique que celui de ce vieux seigneur espagnol, héros du seizième siècle et type de tant de héros?

Son humeur est sévère, nous dit le poète, mais son cœur est bon, et sous sa rude écorce je crois que cette âme endolorie recèle une riche source de tendresse. La bataille fut sa vie, le camp sa famille, l'azur du firmament son toit domestique. Ni rempart ni puissance n'ont tenu contre le vaillant aventurier; avec son fer tranchant il s'est ouvert partout un passage. Il a dompté cent nations différentes, traversé la profonde mer et, dans le vieux et le nouveau monde, répandu son sang à torrents. Attentif au clairon martial, prêt à toute brave entreprise, il a bataillé dans l'Alpujarra, il a bataillé à Saint-Quentin. Il était à Lépante avec les guerriers chrétiens, et le soleil d'Italie a éclairé son front hâlé. Derrière la bannière castillane, il a lutté contre la Flandre rebelle, et il a traversé la colossale chaîne des Andes. Il n'y eut pas au monde un soleil qui ne brillât, reflété par son écu, symbole du rude conquérant espagnol. Mais une telle vie de travail lassé le plus robuste, et don Juan avec joie reporta ses pas vers l'Espagne. Ni inclination amoureuse ni soif de fortune, mais sa noblesse seulement et sa haute origine lui firent prendre une épouse ; il donna son nom et sa main à une grande dame portugaise. Mais bientôt elle passa du lit nuptial à la tombe, et don Juan, libre une seconde fois, sans enfants, sans pénates, cherchant de nouveaux combats, suivit le roi don Sébastien. A côté de l'héroïque monarque, sur les sables d'Afrique, perdant le sang par toutes les veines, son bouclier tombé, son casque rompu, il ébrécha, intrépide et farouche, avec son épée de Tolède, cent alfanges de Damas. Il revint encore en Espagne, se lassa enfin d'être soldat : et voilà comment don Juan est arrivé, triste et solitaire, à la vieillesse.

Ce morceau narratif est d'un grand effet ; on ne peut même le lire, dans le texte, sans émotion ; mais ce qui forme ici l'intérêt du drame, c'est que don Juan ne s'est point borné à chercher partout les combats ; dans ses premières années il a aimé une jeune fille ; puis, ne la trouvant pas assez patricienne, assez égale à lui par la naissance, il a commis le crime de l'abandonner. Plus tard, un de ses parents, qui le voyait sans famille, lui a légué la tutelle de son fils ; et le vieux don Juan, au moment où s'ouvre la pièce, a pour pupille le jeune don Carlos. Celui-ci, à son tour, aime une fille sans nom. Don Juan refuse de la lui laisser épouser, et persuadé que cette fille est indigne de tout galant homme, il croise le fer avec lui et le tue, aimant mieux le voir mort que déshonoré par une honteuse alliance. Mais bientôt il apprend, et à n'en pouvoir douter, que la prétendue intrigante est sa fille, celle que la pauvre abandonnée mit jadis au monde, et qui, sous le nom d'Elena, est devenue belle et demeurée toujours pure. Après la mort sanglante de don Carlos, Elena désespérée se poignarde, repousse le baiser paternel de don Juan, expire en embrassant le frère de sa mère, qui l'a élevée ; et don Juan reste seul, livré à tous les remords, à tous les déchirements du cœur et de la conscience. *Para tal culpa, tal pena ;* le titre est fort juste : A telle faute, tel châtiment.

Le second acte renferme trois belles scènes, qui précipitent ce dénouement si fatal par une exaltation croissante des passions. Don Juan, supposant qu'Elena est une aventurière trop heureuse d'avoir capturé un riche et noble époux, vient la trouver chez elle afin de négocier la délivrance et le rachat de son pupille. Ses premières paroles sont pleines d'une méprisante galanterie ; elle y répond avec une dignité modeste, lui rappelant ce que doit à une femme un gentilhomme. Tout témoin impartial de leur entretien aurait compris qu'Elena méritât l'estime. Don Juan refuse de le croire, traite d'artifice et de rôle bien joué la noble attitude de son interlocutrice, et aborde enfin la question d'argent qui, selon lui, est la vraie et la seule avec des personnes de cette sorte. « Quittez Madrid, dit-il, renoncez à Carlos, et vivez à l'aise loin d'ici; on payera le voyage et même une pension de retraite. » Elena repousse cette offre outrageante, résiste aux menaces et presque aux voies de fait de don Juan; soudain Carlos paraît, la délivre, la défend, entre en discussion avec son tuteur. La jeune fille, comprenant que le bonheur de leur amour dépend du terrible vieillard, cherche à contenir la colère de Carlos; mais des deux parts on s'obstine, on se raille, on se jette l'injure tour à tour ironique et menaçante : « Jamais tu ne l'épouseras, s'écrie le tuteur; ton sang, qui est allié au mien, coulera sous la pointe de mon glaive avant que je te permette de le mêler au sang d'une prostituée. »

A ce mot, Elena, transportée de fureur, pousse le jeune homme vers don Juan : « Tue-le, pour Dieu! dit-elle, tue-le, Carlos! » Un moment après elle s'évanouira en les voyant sortir pour aller se battre; mais l'insulte a été trop forte, trop sanglante; elle a crié « Tue-le! » la fière Espagnole, et selon les lois du drame, elle a eu raison.

Cependant toutes ces pièces, plus ou moins semblables aux résurrections romantiques du vieux théâtre, n'auraient assuré à M. Echegaray qu'un rang distingué parmi d'autres poètes du même genre; il fallait qu'à son tour, il créât un drame nouveau et se plaçât tout à la fois très haut et à part. Il l'a compris, il l'a voulu, et nous allons voir comment il s'est frayé sa voie.

II

Rien ne donne à l'homme autant de grandeur et ne lui inflige d'aussi atroces tortures que la lutte engagée dans son âme entre des sentiments nobles, mais contraires. Plus ces sentiments sont égaux et forts, plus la lutte est vive, et si l'auteur du drame sait la prolonger, la varier, la renouveler par des traits imprévus et cependant naturels, l'émotion, doublée d'incertitude, ne laisse plus respirer le spectateur; elle peut même en venir à ce degré de souffrance que les anciens et leurs classiques imitateurs ont cherché et réussi à nous épargner. Mais ni Shakespeare, ni Calderon, ni surtout les poètes de nos jours n'ont, à cet égard, la même réserve; ce que le spectateur aujourd'hui redoute le plus, c'est de n'être pas assez profondément secoué et d'emporter du théâtre trop de calme, trop peu d'impressions âpres et nouvelles. En brave

Espagnol et en homme de son siècle, M. Echegaray a établi son domaine dans ces régions de trouble et de douleur, mais il a eu soin d'y laisser ou d'y amener toujours l'idée morale; ses drames sont violents, cruels, mais élevés. Quelques exemples en feront comprendre la structure, les éléments essentiels, la vie intime.

Si nous ouvrons la pièce qui a pour titre : *Dans le sein de la mort* (*En el seno de la muerte*), et qui fut représentée à Madrid le 12 avril 1879, nous y voyons un vaillant capitaine aragonais, Jaime, comte d'Argelès, chargé de défendre une forteresse contre l'invasion du roi de France, Philippe le Hardi. Cet homme ne doute pas que son devoir est de périr plutôt que de rendre le château; mais comme il a avec lui sa chère Béatrice, la plus belle, la plus adorée des femmes, il se sent faiblir; il rendra la place afin que son épouse échappe aux dangers du siège et des assauts.

Sur ces entrefaites arrive Manfredo, son frère naturel : favorable occasion de concilier ensemble le devoir envers la patrie et l'amour. Manfredo s'offrait à combattre.

— Non, réplique Jaime, tu rempliras une autre mission, tu emmèneras ta belle-sœur loin d'ici; tu resteras avec elle dans mon manoir, tu la protégeras.

Béatrice, à ces mots, sent un nouveau péril; elle supplie son époux de la garder auprès de lui; mais Jaime, ne pouvant supporter l'idée d'exposer sa femme aux horreurs de la guerre, résiste à ses instances de toute la force de son amour, et la fait emporter évanouie, baignée de larmes, loin de la forteresse où il doit rester lui-même.

Le voilà calme, il a sauvé sa Béatrice; il mourra très probablement sous les coups de l'ennemi, car le château est mal fortifié, mal pourvu; mais elle vivra, et tout le reste est peu de chose aux yeux du comte Jaime.

Bientôt on lui apprend que les Français et leur roi sont engagés dans un passage secret qui les amène jusqu'au cœur de la place, à moins qu'on n'y détourne les eaux du torrent voisin : dans ce cas, on les noierait et le pays serait sauvé.

— Mais, demande Jaime au farouche lieutenant qui lui donne ce patriotique conseil, où passeraient les eaux après avoir fait leur œuvre?

— Dans l'autre chemin qui rejoint les caves du château.

— Dans le chemin qu'a pris Béatrice? Jamais!

Et sacrifiant, cette fois, son pays à sa femme, Jaime tue le lieutenant, laisse entrer l'ennemi, se bat, il est vrai, comme un lion, cherche la mort, ne la trouve pas, et reste enseveli, mais vivant encore, sous les décombres du château.

Pendant ce temps Manfredo et Béatrice achèvent leur voyage, arrivent au manoir de famille, et, comme Béatrice l'avait prévu, succombent à un mutuel et coupable amour. Ils sont criminels, mais ne sont pas heureux. La jeune femme, tourmentée de remords, croit voir à chaque moment reparaître Jaime, son mari. Il revient, en effet, et son retour les bouleverse; mais bientôt, cachant leur terreur, feignant même la joie, ils l'entretiennent dans son aveuglement; peut-être ignorerait-il à jamais leur crime, si le roi d'Aragon, don Pedro, vainqueur des Français, ne venait honorer de sa présence la demeure du comte d'Argelès. Pendant qu'il y séjourne, la veuve d'un écuyer se présente, et demande justice de Manfredo qui a tué son mari dans la crypte sépulcrale. Des recherches sont faites sous les yeux du roi lui-même qui, avec tout son cortège, descend à la crypte. On retrouve le corps de l'écuyer, on convainc Manfredo de ce meurtre. Seul, le comte Jaime s'obstine à défendre son frère qu'il chérit; mais le roi, peu à peu instruit par la voix publique, méprise ses prières, ses menaces, ses cris de révolte :

— Cet écuyer, dit-il, a été tué parce qu'il s'opposait à une infamie et qu'on redoutait son témoignage; en soutenant ton frère qui l'assassina, tu confirmes ta honte; tu t'y plais sans doute?

— Ma honte! s'écrie le malheureux Jaime, comme ébloui par un éclair sinistre... et mille souvenirs lui revenant à la fois, il comprend toute l'ingratitude de ces deux êtres qu'il avait tant aimés.

— Seigneur, dit-il au roi, j'ignorais ce que vous m'apprenez, mais puisque maintenant je sais tout, permettez que je fasse justice; laissez-moi seul avec eux parmi ces tombeaux.

— Oui, je les y laisserai, reprend le roi, plein de respect pour cette grande victime, pour ce vaillant homme indignement trompé; oui, je suivrai tes conseils en les punissant; mais toi, pourquoi veux-tu demeurer ici avec eux? Tu es innocent; pourquoi t'infliger une peine?

— Innocent! je ne le suis point; j'ai livré, pour sauver cette femme, le château que vous m'aviez confié.

A cet aveu, comprenant que la vie est insupportable au comte Jaime, le roi l'abandonne, comme il l'a demandé, *dans le sein de la mort.*

Resté seul avec le couple adultère, Jaime oblige Manfredo à se jeter dans la fosse profonde où celui-ci précipita naguère l'écuyer fidèle; puis, se tournant vers sa femme :

— Quand je serai mort, lui demande-t-il, sur qui pleureras-tu, sur lui, ou sur moi?

— Sur toi, répond Béatrice.

— Cela me suffit.

Et se perçant aussitôt d'un poignard, il expire dans les bras de cette malheureuse, dont les sanglots, les cris, retentissent vainement sous ces voûtes.

Le rideau tombe; on l'entend crier encore, et on ne l'a point vue se frapper.

Etrange dénouement et qui sur l'esprit de plus d'un spectateur a dû peser longtemps comme un cauchemar; vengeance raffinée, telle qu'on peut l'attendre d'un amour cruellement trompé et qui, en punissant, veut plus que jamais affirmer ses droits. Tant de douleurs, de hontes et de crimes étaient évités si le comte Jaime avait dès le début suivi la droite voie, gardant sa femme avec lui, puisqu'elle le voulait, et défendant la forteresse à tout prix. Mais un amour à la fois aveugle et légitime est la plus séductrice de toutes les passions. Les autres nous font détester le devoir, mais ne nous le cachent point; celle-ci nous le fait voir double et donne au faux devoir un charme que le véritable ne peut égaler. Telle est l'idée profonde et parfaitement exacte qu'à travers cette sombre légende, ces images de montagnes, de châteaux, de moyen âge, M. Echegaray développe et fait vivre.

Ce n'est pas une légende, mais une histoire trop souvent vraie que le drame joué à Madrid le 9 novembre 1876, et intitulé : *Comment cela commence et comment cela finit* (*Como empieza y como acaba*). Ici tout est moderne, et jusque vers le milieu de l'action, tout est ordinaire, quoique vivement peint. Une jeune femme s'éprend d'un artiste, et pendant une assez longue absence que fait son mari, elle le reçoit et échange des lettres avec lui. Chaque jour cet amant lui devient plus cher, mais elle hésite à lui céder la dernière victoire; disons mieux : avertie un peu tard par sa conscience et par la présence de sa fille, elle refuse de consommer le crime. Son mari enfin va revenir, on l'attend le soir même, et elle peut dire à la rigueur qu'elle est restée pure. Dans la journée l'amant l'obsède de ses prières, de ses reproches, et finit par lui déclarer que si elle ne se donne pas à lui avant que son mari revienne, il remettra à ce mari même les lettres où elle a trop laissé voir son penchant coupable. Elle refuse encore malgré cette menace; et le soir, au moment où le mari rentre dans sa demeure, les lettres fatales lui sont remises.

Aux premières représentations, cet incident déplut; les critiques prétendaient que le procédé était vraiment trop lâche, trop perfide, et qu'une femme à laquelle l'auteur veut intéresser n'a jamais pu aimer un tel misérable. M. Echegaray, en faisant imprimer sa pièce,

répondit que de pareilles infamies étaient fréquentes et qu'il suf-
fisait de connaître la chronique courante des grandes villes pour
y voir des choses encore plus honteuses. « Après tout, ajoutait-il,
l'amant de Magdalena est un fou, un désespéré, qui voit s'échapper
de ses mains une proie qu'il n'a pu dévorer en l'absence de don
Pablo. »

Si le poète n'avait pas craint de paraître se glorifier, il aurait
dit, avec plus de raison encore : « Regardez quel parti je tire de
cette bassesse, qui, selon vous, rend l'amant si peu sympathique. »

En effet, dès que le mari voit les lettres, il entre en fureur,
mais ne voulant pas croire sa femme coupable, il suppose une
calomnie, une intrigue ourdie par des personnes envieuses de son
bonheur, et don Enrique, que les spectateurs savent être aimé de
Magdalena, n'est, aux yeux de ce mari obstinément aveugle,
qu'un instrument de cette trame, peut-être un amoureux, jamais
un séducteur ; car sa Magdalena ne saurait se laisser séduire ni
même ébranler. Magdalena, voyant chez son époux tant de confiance
en elle, entretient cette erreur avec un espoir plein d'habileté, et
nous sommes surpris, mais presque contents de la voir soustraite
à toute punition : oui, presque contents, car si elle a faibli au
début de la pièce, si elle a trop écouté une passion coupable, du
moins elle s'est arrêtée au bord de l'abîme ; elle s'est cramponnée
à son reste de vertu, et pour ne pas achever de se perdre morale-
ment, elle a méprisé les menaces et bravé ce péril même auquel
elle échappe.

Mais, hélas ! on ne joue pas ainsi avec l'amour, et l'on ne peut
pas toujours impunément goûter le plaisir de *commencer* le mal.
Amant ou calomniateur, don Enrique est devenu pour le mari de
Magdalena l'homme le plus odieux ; un duel entre eux se prépare
à une maison de campagne voisine de Madrid.

Don Enrique étant un terrible spadassin, l'époux irrité est presque
sûr de périr. Pour échapper aux remords d'un tel malheur,
Magdalena s'adresse à Enrique lui-même, le suppliant de refuser
ou de fuir le combat. Au nom de son honneur, l'amant demeure
inflexible. Si, provoqué par un homme qui se croit offensé, il
manque à venir sur le terrain, il passera pour avoir eu peur...
jamais !

— Et quel moyen, demande Magdelena à bout de raisonne-
ments, de prières et de tortures, quel moyen me reste-t-il, à moi,
pour n'être pas cause de sa mort ?

— Un seul, répond Enrique : fuir avec moi ! c'est la seule fuite
à laquelle je veuille consentir ; si je te conquiers, si tu es enfin
à moi, peu m'importe ce que dira le monde ; tout pour mon

honneur, il est vrai, mais mon honneur même pour mon amour!

Eh bien! que penser d'un tel homme? On le déteste, on le maudit, on le méprise peut-être, mais sans parvenir à le trouver petit : ou plutôt ce qui est grand en lui, ce qui se révèle à nous avec une infernale sublimité, c'est la puissance de ce dieu ou de ce démon que les mortels appellent du nom d'amour.

Condamnée à achever l'adultère, ou à faire tuer son mari par sa propre faute, Magdalena repousse don Enrique, et s'occupe de sauver elle-même cet époux qui ne *doit* point périr. Il fait nuit, mais dès les premières lueurs du jour le duel aura lieu. Magdalena cherche au milieu des ténèbres une arme; elle en trouve une, et va poignarder don Enrique... Par une méprise que l'auteur explique parfaitement, elle frappe son mari qui expire en lui pardonnant son erreur, en l'aimant plus que jamais pour avoir voulu le sauver, et en ignorant jusqu'au bout son commencement d'infidélité.

Cette Magdalena à demi criminelle et qui cause autant de malheurs que si elle était toute pervertie, nous la retrouvons dans le troisième drame d'une trilogie composée par le même auteur [1]. Dix ans après la mort de don Pablo, elle a marié sa fille et la voit subir à son tour une tentation. Si elle savait bien lire dans le cœur de Maria, elle ne craindrait point et se garderait d'intervenir; mais elle croit sa fille plus faible encore qu'elle ne l'a été jadis elle-même; et en voulant l'écarter du précipice, en ouvrant la bouche pour la conseiller, elle la désigne à toute la jalousie, à toute la fureur de son gendre. Les conséquences de sa faute ébauchée l'accompagnent partout; le premier nuage qu'elle a laissé se former sur sa conscience en assemblera toujours d'autres; elle ne saura jamais voir clair ni marcher droit, et sera jusqu'à la fin de sa vie moins criminelle que troublée et funeste.

Quant à son gendre, nous le connaissions déjà; le second drame de la trilogie nous avait montré ce Gabriel, incapable de confiance, d'abandon, de sécurité. Nul cœur n'est à l'abri de ses soupçons; il veut le bien et le pratique lui-même, mais il ne peut croire que les autres le veuillent et le pratiquent comme lui. Il épie d'abord ses parents; plus tard il tend des pièges à sa femme, non pour la perdre, mais pour savoir si, au fond de l'âme, elle ne recélerait pas une passion coupable. Sa curiosité est incorrigible, jamais il n'aimera avec assez de bonne foi ou de tendresse pour renoncer

---

[1] Voici les titres et les dates des trois drames : *Como empieza y como acaba*, en vers, 9 novembre 1876. — *Lo que no puede decirse (Ce qu'on ne peut dire)*, en prose, 14 octobre 1877. — *Los dos curiosos impertinentes (les Deux curieux insensés)*; en vers, 8 avril 1882.

à s'enquérir de tout ou pour expliquer favorablement les appa-
rences. Homme terrible, mais plus à plaindre peut-être qu'à blâmer,
car le premier mystère qui l'a tourmenté n'a jamais été éclairci à
ses yeux; on lui a caché la vérité, pour d'excellentes raisons que
le spectateur approuve, mais que Gabriel ne connaît pas.

En somme, son caractère se soutient admirablement, et dans les
drames de M. Echegaray, il n'est pas le seul qui mérite cet éloge ;
aucun des personnages qui y paraissent ne se dément en réalité ;
ils fléchissent parfois (comme il est naturel à l'homme) sous la
pression des circonstances ou de l'une des passions qui les animent; mais jamais le sentiment qui triomphe en eux n'y étouffe les
autres. Bientôt ceux-ci se réveillent, se reconstituent, et les dernières paroles que prononce chaque personnage nous le rendent
vraiment tout entier.

D'ordinaire les héros de ces drames ne parviennent pas à réparer
leurs fautes; la terrible logique des faits les en empêche; mais ils
tentent de les réparer, et ils les expient par un remords, souvent
immédiat, qui prouve que le crime n'a rien tué au fond d'eux-
mêmes.

On en voit un remarquable exemple chez le principal personnage de la pièce que M. Echegaray a fait jouer le 14 décembre
1882[1]. Dans ce drame, un jeune avocat, don Raymundo, est
chargé d'éclaircir une mystérieuse affaire et d'aider les enfants
d'un homme assassiné à obtenir une vengeance légale.

C'est sa fiancée qui lui a recommandé ces clients; c'est devant
elle et au nom du devoir de sa profession qu'il a promis de les
conseiller et de les défendre. Mais en ouvrant les pièces authenti-
ques qui racontent le crime, il se convainc que le meurtrier est...
son bienfaiteur, son futur beau-père. Il peut renoncer à soutenir la
cause, à poursuivre le châtiment du coupable; mais ces pièces
accablantes et que les enfants du mort lui réclament, qu'en fera-t-
il? Les rendre, c'est vouer son beau-père aux galères ou à l'écha-
faud ; ne pas les rendre, c'est violer le dépôt le plus sacré. De là
une lutte effroyable dans son âme; l'amour, la reconnaissance, les
supplications de sa fiancée, les prières muettes de son beau-père,
la voix inexorable du devoir professionnel, le livrent à des tortures
sans nom; il finit par saisir les pièces et par les approcher du feu :

— Qu'importe, dit-il, l'infraction au premier devoir? J'en
accomplis un autre, et j'en serai récompensé par la joie de tous
ceux que j'aime !

A ce moment, la fille de la victime paraît ; elle apprend tout, et,

---

[1] *Conflicto entre dos deberes* (*Conflit entre deux devoirs*), drame en vers.

touchée de pitié, elle se résignerait à perdre sa vengeance si elle n'avait un frère qui jamais n'y consentira. Par l'entrée soudaine de cette jeune fille, les pièces ont échappé au feu; et dès lors, Raymundo, renonçant à les détruire, ne songe plus qu'à concilier les deux devoirs. Il n'y parvient pas, comme on peut penser; il invente même des expédients bizarres, qui ne sont qu'à demi magnanimes, mais qui donnent le temps à son beau-père de se décider au suicide. Un coup de pistolet retentit dans la coulisse :

— Je suis vengé! s'écrie le fils de la victime; il a fait son devoir.

— Comme moi, dit Raymundo; mal et trop tard, et tout notre bonheur est perdu !

Le dénouement de ce drame laisse peut-être à désirer, mais les deux premiers actes sont superbes, et le spectateur haletant ne peut s'empêcher de sentir que, si une pareille situation est rare, elle n'est pourtant ni fausse ni même invraisemblable, et qu'il serait bien cruel d'être appelé à la subir.

Nous avons dit que, même dans ses œuvres calderoniennes, M. Echegaray marquait d'une façon très nette la différence des caractères. Tous ses personnages ont une conscience et une passion, mais cette passion, rusée chez les uns, est franche chez les autres, et cela suffit pour établir une distinction [1].

Ces caractères n'ont pas tous la même étendue, quelques-uns se réduisent à cette passion unique et à ce sens moral; leur lutte contre la situation où l'auteur les place, contre l'obstacle qu'il élève devant eux n'en est que plus concentrée et plus vive; mais en dehors de ces circonstances, que seraient-ils? songerait-on seulement qu'ils existent? D'autres, au contraire, étant plus variés et plus complexes, seraient, en tout état, fort curieux à étudier : tel est, par exemple, don Carlos, le banquier espagnol moderne, avide d'entreprises, de plaisirs, de puissance occulte ou publique; soudoyant la presse, créant des députés, ne craignant pas de faire insurger des militaires pour amener une baisse sur laquelle il veut spéculer. Les malheureux seront passés par les armes, mais la fortune du banquier doublera, et il pourra acheter toutes les consciences qui le gênent, toutes les femmes qui lui font envie. Sa famille, à certains moments, n'est pour lui qu'un joug et une entrave; depuis longtemps il abreuve sa femme d'amertume; un jour, sous un spécieux prétexte, il chasse son fils; mais le sens

---

[1] Dans la *Ultima noche* (la *Dernière nuit*), drame en vers joué le 2 mars 1875. — Voy. aussi le banquier Gonzalo, dans los *Dos curiosos impertinentes*, drame déjà cité.

moral n'est pas tout éteint dans son cœur, le dévouement, les vertus des siens le touchent quelquefois, le ramènent vers eux, le feront mourir repentant.

Bien différent, mais plus difficile encore à oublier, est le sublime Lorenzo de Avendaño [1], homme savant et riche, épris de toute vérité, de toute vertu, exposé peut-être à passer pour fou aux yeux du monde le jour où il embrassera trop résolument dans la pratique le vrai et le juste absolu. Pendant longtemps on sourit de ses idées, mais on l'admire, on l'aime et il est heureux.

Au moment où sa fille va épouser le fils d'une duchesse et où les deux familles sont au comble de la joie, don Lorenzo apprend qu'il n'est point lui-même le fils de son père, que celle qui passa pour sa mère ne le mit point au monde, qu'il est un enfant supposé et entièrement étranger à la famille qui, par surprise, l'adopta jadis. Et cette affreuse vérité lui est découverte par sa vraie mère, une ancienne servante condamnée pour vol. Les preuves fournies sont, d'ailleurs, irrécusables; et le savant illustre, l'homme riche à qui rien ne manquait, n'a plus légitimement à lui que sa science; son nom même ne lui appartient plus; pour être juste, il doit tout rendre, tout absolument à la famille de celui qui crut être son père et qui fut trompé. Puisqu'il le doit, il veut le faire, il le fera; mais ceux qui l'entourent apprennent de sa bouche le fatal secret et refusent d'y croire; ils refusent surtout d'admettre et de remplir cette obligation.

Ici, comme dans le drame *Conflicto entre dos deberes*, tous les intérêts, toutes les tendresses se liguent contre l'impérieux décret de la conscience; à certains moments la vue de notre philosophe se trouble, mais, après chaque discussion, chaque assaut, il recommence à lire, plus clairement écrite dans sa raison, la nécessité morale de restituer. Il lui en coûte d'immoler les siens, mais il le faut. Alors sa malheureuse mère, effrayée de l'aveu qu'elle a fait et des ruines qu'elle va causer, profite d'un moment où il est sorti pour reprendre dans son bureau et jeter au feu la preuve d'usurpation qu'elle-même lui avait donnée : « Il ne pourra plus, dit-elle, dépouiller et perdre mes petits-enfants. »

Cependant il ignore cette dernière action de sa mère, et persiste à annoncer sa résolution. Peu à peu une idée germe dans le cerveau des siens : « C'est du délire, pensent-ils; la raison de cet homme, à force de méditations et d'études, s'est égarée. » Et, bien qu'il soit affreux d'avouer un tel malheur, ils aiment encore mieux,

---

[1] *O locura ó santidad* (*Ou folie ou sainteté*), drame en prose joué le 22 janvier 1877.

les amoureux et les égoïstes, trouver leur père fou que de se laisser dépouiller par sa vertu.

Il a demandé qu'on fît venir des gens de loi pour renoncer entre leurs mains à tout ce qu'il possède injustement : au lieu de notaires et de juges, on amène deux médecins aliénistes et deux gardiens de fous. Le malheureux Lorenzo, qui n'est point une dupe de comédie, reconnaît fort bien ce qu'ils sont ; il frissonne un moment, mais bientôt il se remet de son trouble :

« Vous vous êtes trompés, dit-il, et vous allez le voir : ce n'est point ici qu'il faut venir chercher un aliéné. L'homme qui vous parle en ce moment sait ce qu'il fait, et il le démontre. »

En achevant ces mots, il conduit ceux qui l'entourent dans la pièce où il a déposé la preuve d'usurpation. Il rouvre les tiroirs, il déchire l'enveloppe fatale, il n'y trouve plus rien... qu'un papier blanc, substitué au vrai document par sa mère, qui dans la journée vient de mourir. A cette vue, lui-même doute de sa raison, tous s'empressent de le déclarer fou ; les gardiens se saisissent de lui et l'entraînent ; l'asile d'aliénés sera sa demeure, et les siens continueront à jouir de ces biens et de ce nom que, par amour de la justice, il a voulu rendre. Une seule personne proteste ; c'est sa fille. Au dernier moment, elle s'écrie que tout le monde se trompe, qu'elle défendra son père, que rien ne pourra la séparer de lui ; mais comme elle ne saurait prouver l'erreur de tous, on ne tient nul compte de ses paroles ; on l'arrache des bras de Lorenzo. Cet homme est fou ou il est saint : *O locura ó santidad*, dit le titre même de la pièce ; et en l'absence de preuves, il ne sera jamais que fou.

Le drame navrant que nous venons d'exposer est encore un *cas de conscience;* mais, je le répète, quoi de plus émouvant, quoi de plus élevé qu'une question de morale d'où dépend tout l'honneur, toute la joie de la vie? Ici chaque idée générale retentit jusqu'au fond des âmes ; chaque réflexion s'applique à un fait intéressant, à des êtres humains, vivants et pleins d'angoisse. Dès que la conscience et le bonheur semblent prêts à se concilier, le ciel s'éclaircit, les fronts se relèvent ; dès que le désaccord reparaît, on recommence à gémir ou à trembler. Tout argument nouveau est une péripétie dans de semblables drames ; l'action et la discussion se confondent presque, et elles ne peuvent faire un pas qui n'intéresse tout ensemble notre raison, notre curiosité, notre sympathie. L'absolu et le contingent se touchent et luttent, non d'une façon abstraite, comme dans un sermon ou dans un traité philosophique, mais de manière à faire souffrir les personnages, à émouvoir les spectateurs et à contraindre les uns et les autres de dire : En ce moment, un problème éternel occupe notre esprit, une réalité terrible agite notre cœur.

Parmi ceux que le poète espagnol charge particulièrement de résoudre le problème, il règne une heureuse variété qui n'exclut pas certain air de famille. Dans *le Conflit entre deux devoirs*, c'était un jeune homme plein d'honneur, mais très amoureux ; dans *Folie ou Sainteté*, c'est un philosophe aimant, mais avide de vérité et de perfection ; dans *la Mort sur les lèvres* [1], c'est un enthousiaste, un apôtre, c'est ce Michel Servet, médecin et théologien aragonais, que l'intolérante tyrannie de Calvin envoya au bûcher, en 1553.

M. Echegaray nous transporte à Genève et au seizième siècle. Dans une maison de cette ville, alors savoisienne, que la controverse, le patriotisme et la terreur sont en train de faire calviniste et indépendante, un homme est couché sur un lit. Il se nomme Walter, et Calvin n'a pas de partisan plus cruel et plus fanatique. Frappé d'apoplexie après des luttes de parole et d'action où sa tête s'est exaltée, où sa main s'est souillée de sang, Walter a quatre personnes auprès de lui : Conrad et Marguerite, couple jeune et charmant, catholique au fond de l'âme, mais surtout amoureux et déjà uni par des fiançailles ; Jacques, médecin voué aux recherches scientifiques et qui, des doctrines de son maître, n'admire et ne garde que la théorie de la circulation, déjà esquissée dans un de ses livres ; enfin Servet lui-même, qui, de ses propres idées, ne juge véritablement importantes que celles qui ont Dieu et le salut pour objets.

Si Walter, que ces quatre personnes observent, revient à la vie, son premier acte sera de dénoncer Servet et tous ceux qui l'ont favorisé ; Marguerite et Conrad deviendront aussi ses victimes pour avoir caché l'adversaire de Calvin. Sauver Walter, c'est perdre des innocents ; mais deux médecins, comme Servet et Jacques, qui connaissent un breuvage propre à le ranimer, peuvent-ils le laisser mourir sans secours ? Conrad l'affirme, Jacques n'ose se prononcer, Servet le nie. Pour décider Conrad, qui a pris en main le verre contenant le breuvage sauveur, Servet lui révèle et lui prouve que Walter est son père et qu'en le laissant mourir, il commet un parricide. La lutte se prolonge dans le cœur du jeune homme ; entre son père, vrai démon du fanatisme, et Marguerite, l'ange de la vertu et de l'amour, il n'hésiterait pas, si le devoir ne semblait parler en faveur de ce misérable.

Eh bien ! oui, le devoir parle, et Marguerite elle-même engage

[1] *La Muerte en las labios*, drame en prose, joué le 3 novembre 1880.

Conrad à lui obéir; elle veut que ce soit lui qui porte le breuvage aux lèvres desséchées du moribond. Le danger presse; les deux fiancés s'approchent du lit; Marguerite soutient la tête de Walter, Conrad lui fait prendre la potion qui doit le raviver.

— Mon Dieu! s'écrie-t-il aussitôt après, comment ai-je pu douter? oh! bénie sois-tu, Marguerite!

— Maintenant, reprend la jeune fille, je suis tranquille; maintenant cet homme ne m'effraye plus; je sens ici, au cœur, une telle consolation!

Cris sublimes, effusions célestes! Ce « comment ai-je pu douter? » ne serait pas indigne de Corneille. Du reste, les drames historiques de M. Echegaray peuvent nous suggérer plus d'une réflexion. Le principal intérêt ne s'y porte jamais sur un événement fameux que l'histoire raconte, mais sur une légende ou un épisode fictif renfermé par le poète dans un cadre qu'elle a fourni. Ici, par exemple, l'arrestation de Servet n'est que secondaire; c'est Walter, c'est son fils, c'est la lutte des devoirs et des affections qui nous remuent le plus vivement; le dernier mot n'est pas à Servet prisonnier, mais à Walter agenouillé auprès du corps de son fils.

Ainsi conçu, ainsi rattaché de loin à l'histoire, le drame paraît plus neuf, plus complètement créé par son auteur, et le dénouement surtout demeure plus inattendu.

Autre remarque: Servet lui-même ayant été accusé à tort par Calvin de nier l'immortalité de l'âme, il n'y a aucune invraisemblance historique à placer près de lui, comme l'a fait M. Echegaray, un disciple incrédule ou indifférent sur ce point; ni les douteurs ni les athées n'ont manqué au seizième siècle; mais je crois bien pourtant que les discussions de nos jours n'ont pas peu contribué à inspirer au poète le désir de peindre et de rapprocher deux hommes passionnés pour ces deux doctrines contraires: le spiritualisme religieux et le positivisme scientifique. Peut-être aussi, dans *Folie ou Sainteté*, M. Echegaray a-t-il pris plaisir à critiquer la facilité extrême avec laquelle la législation espagnole et celle de bien d'autres peuples encore permettent de saisir et d'enfermer les gens sous prétexte d'aliénation mentale. J'admets, enfin, qu'en revêtant de noires couleurs le fanatisme protestant ou catholique [1], il a songé, par instants, à défendre la liberté des cultes, si tardivement introduite en Espagne; mais d'ordinaire les questions contemporaines semblent influer fort peu sur le choix de ses sujets et sur la manière dont il les traite.

---

[1] Protestant dans: *la Mort sur les lèvres,* que nous venons de citer; catholique dans: *En el pilar y en la cruz* (*Au pilier et à la croix*); 26 février 1878.

Il n'est point de ceux qui font du théâtre une tribune, ou qui, sous une forme dramatique, discutent des thèses mises à l'ordre du jour et proposent des innovations en morale. Jamais il n'entreprend de réhabiliter la courtisane ou de recommander le divorce, ou de réclamer la légitimation de l'enfant naturel. Il prend la société moderne telle qu'il la trouve, et il y montre, comme nous venons de le dire, le tourment de la conscience placée entre le devoir et la passion, et quelquefois entre des devoirs contraires.

A ce combat il donne très souvent pour issue deux actes que la morale chrétienne et plus d'un philosophe réprouvent : je veux parler du duel et du suicide. Mais depuis longtemps le théâtre et le roman, ou pour mieux dire, l'esprit du monde que le théâtre et le roman expriment à leur façon, jugent le duel et le suicide tout autrement que Bossuet et Jean-Jacques Rousseau. M. Echegaray ne recommande à personne ces deux formes de l'homicide; il les représente plutôt comme les résultats redoutables de certaines situations et de certaines fautes [1].

Après avoir lu tous ses drames, le sentiment qui nous reste et qui nous domine, c'est qu'il est souverainement dangereux et mauvais de commencer à se rendre coupable; qu'une faute, même incomplète, est toujours punie par ses conséquences ou par le remords, et que nos actions, quoique libres, sont liées entre elles par des nœuds bien puissants. Le plus sûr est de faire son devoir sans hésiter et d'y marcher par la voie la plus droite; quelquefois le devoir semble obscur et la nécessité de choisir devient atroce; en ce cas, le vrai devoir est où souffre le plus notre cœur; si nous avons le courage de l'accomplir, nous en serons peut-être récompensés ici-bas, mais sûrement là-haut : (*Algunas veces aqui, pero siempre allà.*)

Ainsi se termine, par un acte de foi en une sanction supérieure et divine, un des drames les plus déchirants et les plus singuliers [2] de notre auteur. En proclamant de la sorte l'immortalité de l'âme et l'accomplissement surnaturel de notre destin et de nos vœux, il est d'accord, et il le sera longtemps, avec sa nation, également disposée aujourd'hui à repousser toute croyance qui opprime l'homme et toute négation qui l'abaisse.

---

[1] Il met dans la bouche d'un Anglais très honorable une courte censure du duel. Voy. *Lo que no puede decirse* (acte Ier, scène ix, p. 28. 3e édit.).

[2] Ce drame, joué le 15 octobre 1878, a précisément pour titre : *Algunas veces aqui!* (Quelquefois ici-bas!)

III

Il faut le reconnaître, le genre de situations que M. Echegaray préfère, et sur lequel il fonde l'intérêt de ses drames, offre plus d'un écueil qu'il n'a pas toujours évité. Tantôt se complaisant à poser son problème moral et à l'analyser sous toutes ses faces, il tombe en des longueurs que l'acteur doit supprimer ; tantôt il nous montre ses personnages hésitant entre plusieurs voies qui, toutes, les conduisent au déshonneur, et dont pas une ne semble mériter qu'on s'y engage ; souvent il raffine sur le dénouement, et pour lui donner une signification plus haute, il le retarde, le complique et le rend trop peu naturel ; enfin il oublie que de nos jours, dans les drames réels, et surtout dans les trilogies sanglantes, la police intervient et ne permet guère d'effacer la trace des coups de poignard. Toutes ces objections lui ont été faites ; quelques critiques les ont même exagérées, et à ceux-là il a su répondre avec beaucoup de sens ; il reste néanmoins des fautes à avouer, des bizarreries que le besoin de nouveauté excuse, que la puissance du talent rachète, mais qui ne trouveront jamais complètement grâce devant certains esprits rebelles aux suppositions extraordinaires et prompts à rejeter même le vrai dès qu'il se sépare du vraisemblable.

Parmi les vingt-cinq œuvres de M. Echegaray, il en est une qui plaira beaucoup à ces esprits-là, une qui n'aura rien ou fort peu de chose à se faire pardonner, et qui paraîtra, jusque dans ses scènes les plus violentes, aussi naturelle que profondément étudiée. Le drame a pour titre *le Grand corrupteur (El gran Galeoto)* ; joué à Madrid sur le théâtre en 1881, il aurait pu se passer réellement dans le monde, tant il est conforme à la vérité humaine ! L'idée que le poète y développe est incontestable, et je ne sache pas néanmoins qu'on l'ait jamais rendue avec autant de force et de suite.

Le plus mauvais conseiller, dit-il dès le prologue, c'est le public, qui en soupçonnant des intentions coupables, les fait naître, et en accusant certaines personnes de vouloir marcher dans de mauvaises voies, les y pousse, les y engage, leur rend le retour presque impossible. Si l'on en croit les romans chevaleresques du moyen âge, Galehaut servit de médiateur entre la reine Genièvre et Lancelot ; sans lui, ces deux amants n'auraient jamais su qu'ils s'aimaient, sans lui, surtout, ils fussent demeurés innocents. Galehaut devina leur passion, la favorisa, l'enhardit jusqu'au crime. Eh bien, le monde, avec ses propos, ses conseils, ses contradictions, ses censures, est un Galehaut perpétuel, rapprochant les cœurs que l'honneur sépare et leur donnant la tentation de s'unir en dépit du devoir et des obstacles.

Tout le drame qui suit ce prologue sert à le démontrer, à le rendre sensible, et à nous inspirer la plus profonde horreur pour les médisances du monde et la plus vive pitié pour ceux qu'elles entraînent au mal. Effroi, compassion, conclusion morale, voilà les trois éléments de l'antique tragédie; on les retrouve ici dans un cadre tout moderne, dans un style noble, mais sans périphrases, et qui admet fort bien, en passant, des traits de la vie familière et quotidienne. Nous croirions priver nos lecteurs d'un grand plaisir et ne pas rendre pleine justice à l'auteur espagnol, si nous n'insistions pas un peu plus longuement sur cette œuvre.

Aucun personnage n'y est sacrifié; chacun y donne, suivant sa portée et son caractère, une preuve vivante de la pensée qui a inspiré le drame; mais le principal de tous, celui qui est à la fois le juge et la victime des faux discours du monde, c'est un jeune poète plein de cœur, nommé don Ernesto, fils d'un homme auquel le banquier don Julian doit sa fortune, et qui cependant est mort sans laisser de patrimoine. Ernesto a été recueilli par Julian, et il vit entre lui et sa femme Teodora, partageant leur demeure et leur opulence, sans être assujetti à aucun travail, sans faire autre chose que des pièces de vers ou des drames, composés librement et par pur amour de la gloire.

Mais bientôt il se lasse de cette situation; il rougit de ne rendre nul service à son bienfaiteur et de tout devoir au souvenir de son père; il demande donc ou à quitter Julian ou à être employé par lui. Julian sourit d'abord de ce qu'il appelle un caprice, un scrupule exagéré, une fierté fantasque, mais peu à peu il cède, souriant encore, et déclare à son jeune ami que, puisqu'il y tient, il sera secrétaire de la banque et dans peu de temps associé.

Tout irait bien, si don Severo, frère de Julian, doña Mercedes, sa belle-sœur, et Pepito, son neveu, ne venaient redire aux uns et aux autres les méchants propos qui circulent dans Madrid. Naguère on trouvait singulier que don Ernesto vécût chez Julian sans rien faire; maintenant on s'explique que le poète, âgé de vingt-six ans à peine, aime à rester entre Teodora qui en a vingt, et le mari qui en a quarante. On trouve ce sentiment très naturel de la part d'Ernesto, mais on s'étonne que Julian l'ignore ou l'autorise.

Voilà ce que dit le monde, ce que les parents ont entendu, ce qu'ils insinuent, ce qu'ils répètent avec une hardiesse progressive, s'attachant à convaincre Julian qu'il est temps enfin de changer cette situation compromettante. Eux-mêmes, don Severo, Mercedes et Pepito ont peut-être commencé par n'en rien croire, mais bientôt ils ont mordu au soupçon; ayant vu Teodora et Ernesto s'entretenir seuls dans une demi-obscurité, ils se sont hâtés de conclure qu'ils parlaient d'amour, et rien n'est plus piquant et plus vrai que la scène vi° du premier acte, où doña Mercedes veut amener sa belle-sœur à avouer au moins un moment de faiblesse. Elle l'avertit, la console, la blâme et la plaint avec un mélange de sévérité, de tendresse et de protection qui fait tour à tour sourire et trembler. Ce manège, légèrement ridicule aux yeux d'un tiers, est terrible pour la jeune femme, car derrière doña Mercedes, il y a tout Madrid qui jase et médit. Aussitôt que Teodora comprend les insinuations de sa belle-sœur, elle se voit déshonorée dans l'esprit du monde, et apercevant son mari qui sort d'un entretien analogue avec Severo, elle se jette dans ses bras et y cherche un refuge contre la calomnie.

Ce refuge, elle l'y trouve sur-le-champ; car son mari l'estime autant qu'il l'aime, et c'est un ravissement pour lui, après avoir écouté ces vilaines choses, d'en étouffer le souvenir dans le plus tendre embrassement. Non content de consoler sa femme, il veut la venger et se retourne furieux contre son beau-frère qui a osé lui redire tant de sottises. Dès qu'Ernesto paraît, Julian lui déclare qu'il ne croit pas un seul mot de tout ce qu'on débite et qu'il veut plus que jamais lui prouver son amitié en ne changeant rien à leur existence commune : « Le dîner est servi, ajoute-t-il, fais comme toujours, donne le bras à Teodora et conduis-la dans la salle à manger. » Mais après les émotions qu'Ernesto et la jeune femme ont ressenties, ils hésitent à se rapprocher; une larme tombe même des yeux de Teodora. Julian voit ce trouble, et lui qui démentait si hardiment les mauvais propos s'étonne tout à coup et s'inquiète : « Je donne dans ta folie, dit-il à son frère. Oh! la calomnie est infaillible; elle va droit au cœur. »

Elle y est allée si droit que, peu de temps après, Julian laisse Ernesto le quitter. Le poète, au second acte, ne loge plus chez le banquier; il habite, dans une autre maison, un appartement très simple, presque pauvre, et là il travaille à ses vers, à ce drame surtout dont il attend sa gloire et peut-être même son pain. Comme on continue dans Madrid à s'occuper de lui et de Teodora, il songe à partir pour Buenos-Ayres, pour cette Espagne au-delà de l'Océan, où son talent peut le servir encore et où il ne courra plus le risque d'être vu avec la jeune femme. Don Julian apprend ce projet et il s'y oppose, moitié par affection pour don Ernesto, moitié par jalousie secrète et raffinée. Il ne veut pas que ce jeune homme, innocent peut-être, s'exile de la sorte; il ne veut pas surtout que

Teodora puisse le plaindre comme un martyr. « Ne sais-tu pas, dit Julian à son frère, que si je voyais sur la joue de ma femme la trace d'une seule larme, et si je pensais qu'elle a pleuré cette larme pour Ernesto, je l'étoufferais dans mes mains convulsives? »

Ici, encore, la complication des sentiments est très naturelle, et plus ils se contredisent, plus nous les trouvons sincères et profonds. Nous sommes à la fois très émus et très incertains, et le dénouement reste absolument impossible à prévoir.

Pendant que Julian expose à don Severo cette lutte que la jalousie et l'amitié se livrent dans son cœur, le petit imbécile de neveu, don Pepito, vient leur raconter, d'après le témoignage d'Ernesto, et avec l'accent vif et pittoresque que le poète a mis lui-même à son récit, une scène très grave dont un café a été le théâtre. Là, le vicomte de Nebreda s'est permis, entre un sucrier, une demi-tasse et un verre de cognac, de diffamer Teodora et Julian, représentant l'une comme une femme infidèle, l'autre comme un mari trompé ou complaisant. Soudain Ernesto, présent à ce discours, a souffleté le vicomte, et aujourd'hui même il doit se battre en duel avec lui.

Cette nouvelle jette une joie farouche au cœur de Julian; la calomnie, longtemps invisible et impalpable, s'est faite homme enfin et a pris un corps que l'on peut percer; Julian la tuera, il le jure, en la personne de cet insolent Nebreda.

Il le cherche en effet, il parvient à le trouver au lieu même que l'on a désigné pour le duel et qui n'est autre qu'une chambre, en ce moment sans locataire, au-dessus de l'appartement d'Ernesto. Julian force Nebreda à se battre avec lui; ce duel inattendu a lieu presque à l'improviste, mais régulièrement et devant témoins, et il est fatal, hélas! au plus offensé, à celui dont nous souhaiterions le triomphe. Julian, très grièvement blessé, est rapporté chez Ernesto lui-même. « Ouvre ton alcôve, crie-t-on au jeune poète; laisse-nous le placer sur ton lit. » Ernesto s'y oppose, mais on force sa résistance, on ouvre l'alcôve; une femme effarée s'en échappe : c'est Teodora qui, peu d'instants auparavant, était venue en vain supplier Ernesto de ne point croiser le fer avec Nebreda.

Dès ce moment, tout le monde est convaincu que Julian a été trahi par sa femme et que le bruit public avait raison de les accuser tous deux, elle et le poète.

On les a calomniés pourtant; ils ne sont point coupables; mais ils se rapprochent de plus en plus, et tout ce qu'on a dit pour les noircir contribue à les attirer l'un vers l'autre. Ernesto s'attendrit et s'indigne tour à tour en faveur de cette femme que tant de langues osent attaquer; elle, de son côté, admire la bravoure du

jeune homme, son empressement chevaleresque à la défendre ;
leurs destinées et leurs cœurs vont s'unissant par la sottise même
des bavards, la malice des curieux, la colère des jaloux. Chaque
mot échangé entre Ernesto et Teodora touche un point délicat de
leur âme, révèle au spectateur un mystère de la passion et de la
conscience ; on ne saurait voir une plus fine analyse, un drame
plus terrible et plus animé.

Ernesto commence par venger Julian et par tuer Nebreda dans le
duel convenu entre eux et où Julian avait, pour son malheur,
usurpé, si je puis dire, le premier tour. Puis, voyant que, dans le
cercle le plus intime, tout le monde continue d'accuser Teodora, il
déclare la guerre à tout le monde, il force le médisant et poltron
Severo à s'agenouiller et à demander pardon à sa belle-sœur. Mais
rien n'y fait ; toutes ses révoltes achèvent de convaincre ceux qui
l'entourent que Teodora et lui sont coupables. Julián meurt persuadé de leur mutuel amour, et après avoir rassemblé ses dernières
forces pour souffleter l'ingrat qui l'a trahi.

Maudit par ce mourant et marqué de ce cruel outrage, Ernesto
pousse un cri terrible ; mais bientôt, s'oubliant lui-même, il ne
songe plus qu'à défendre Teodora contre son beau-frère et sa belle-
sœur, qui veulent la chasser. « Je quitterai ce pays, leur dit-il, je
ne la reverrai plus, mais épargnez-la ; elle est innocente, je l'affirme
et je le jure ! » La famille reste impitoyable ; Severo s'avance vers
Teodora pour la faire sortir de la chambre mortuaire :

— Que nul ne touche à cette femme, dit Ernesto ; elle est à moi.
Le monde l'a voulu ; j'accepte son arrêt ; c'est lui qui la jette dans
mes bras. Viens, Teodora !... Tu la chasses d'ici, nous t'obéissons,
Severo.

— Enfin ! s'écrie le beau-frère, triomphant de cet aveu ; infâme !
misérable !

— Tout ce qui vous plaira, réplique Ernesto. Vous avez maintenant raison, et maintenant j'avoue... Vous voulez de la passion ?
Eh bien, passion, délire ! Vous voulez de l'amour ? Amour immense !
Vous voulez plus encore ? J'en ferai plus : rien ne m'effraye.
Inventez, inventez, je recueille toutes vos inventions ! Racontez,
racontez ; fatiguez de cette nouvelle les échos de la ville ; mais si
quelqu'un vous demande qui a été l'infâme médiateur de cette
infamie, répondez-lui : c'est toi-même, et tu l'ignorais ; c'est ta
langue, et avec la tienne, celles de tous les sots... Viens, Teodora !
l'ombre de ma mère pose un baiser sur ton front immaculé...
Adieu ! elle m'appartient ; et qu'en son jour le Ciel nous juge, vous
et moi ».

En achevant ces mots, il emporte dans ses bras Teodora presque évanouie. C'est la dernière *voie de fait* de ce drame orageux, mais dont la pensée morale et psychologique est si vraie, si nettement posée, et développée avec tant d'énergie et de profondeur. Une œuvre semblable porte la vie en elle, et fera reconnaître à plus d'une génération la marque du haut esprit qui l'a conçue et de la puissance créatrice qui l'a mise au jour.

Il y a trente-six ans, un critique de la *Revue des Deux Mondes* [1] écrivait : « L'Espagne est aujourd'hui, après la France, le pays où le théâtre est le plus florissant. » Le mot est encore vrai en 1883 ; et, bien que le reste du monde continue, non sans raison, d'être plus attentif aux idées sociales et aux productions littéraires de la France qu'à celles de l'Espagne, on peut se demander pourtant si M. Echegaray doit beaucoup envier l'inspiration dramatique de nos auteurs. Sait-il moins bien qu'eux scruter et peindre les mouvements de l'âme? Emeut-il moins? Laisse-t-il une moins forte impression? Les situations sont-elles moins intéressantes et moins nouvelles? Et cet attachement passionné, vraiment espagnol, aux sentiments de l'honneur et du devoir, ne maintient-il pas son talent à des hauteurs plus saines et plus idéales?

---

[1] 1er août 1847; article de M. Ch. de Mazade : *la Comédie moderne en Espagne*, p. 443.

67

PARIS. — E. DE SOYE ET FILS, IMPRIMEURS, 18, RUE DES FOSSÉS-SAINT-JACQUES.

www.ingramcontent.com/pod-product-compliance
Lightning Source LLC
Chambersburg PA
CBHW060906180626
46818CB00004B/1852